4 Février 1885.

V

VENTE DES MERCREDI 4, JEUDI 5 ET VENDREDI 6 FÉVRIER 1885

A DEUX HEURES ET DEMIE

HOTEL DROUOT, SALLE N° 8

OBJETS D'ART

MEUBLES EN BOIS SCULPTÉ

Bronzes — Porcelaines — Faïences

MARBRES — TERRES CUITES

Fers — Cuivres — Étains — Armes

OBJETS DE VITRINE

TAPISSERIES — ÉTOFFES — BRODERIES

Curiosités diverses

EXPOSITION PUBLIQUE

LE MARDI 3 FÉVRIER 1885

DE 2 HEURES A 5 HEURES 1/2

Mᵉ ROBERT LE SUEUR	**M. F. JACOB**
COMMISSAIRE-PRISEUR	EXPERT
29, rue Le Peletier, 29	7, rue Drouot, 7

HOMO
ADDITVS
IMPRIMERIE DE L'ART

CONDITIONS DE LA VENTE

La vente aura lieu expressément au comptant.

Les acquéreurs payeront en sus des enchères *cinq pour cent* applicables aux frais.

L'exposition mettant le public à même de se rendre compte de l'état des objets, il ne sera admis aucune réclamation une fois l'adjudication prononcée.

Paris. — Imp. de l Art, E. MÉNARD et J. AUGRY
41, rue de la Victoire.

DÉSIGNATION DES OBJETS

MEUBLES

1 — Grand lit de milieu en bois sculpté. Époque gothique.

2 — Meuble élevé sur pieds en bois sculpté à panneaux gothiques.

3 — Stalle en bois sculpté. Époque gothique.

4 — Lit à colonnes torses, bois sculpté. Époque Louis XIII.

5 — Grand meuble en acajou à deux vantaux, formant dans le bas bibliothèque et bureau orné de sculptures. Époque Louis XV.

6 — Jolie porte ornée de quatre panneaux en bois sculpté, sujets tirés de l'histoire de Jeanne Darc. Époque gothique.

7 — Beau meuble à deux corps du temps de la Renaissance, en noyer finement sculpté ; le corps du haut est orné de cariatides et de colonnettes sur les portes formant niches.

8 — Table Louis XIII, en bois sculpté, pieds tors.

9 — Coffre-banquette en bois sculpté. Époque Louis XIII.

10 — Console italienne en bois sculpté, doré et peint, surmontée d'une glace. Époque Louis XVI.

11 — Glace avec cadre en bois sculpté et doré. Époque Louis XV.

12 — Chaise à porteurs, garnie en cuir de Cordoue, à reliefs rehauts d'or. Époque Louis XVI.

13 — Meuble à deux corps en bois de noyer, formant commode à deux tiroirs dans le corps du bas. Époque Louis XIV.

14 — Secrétaire acajou à cannelures. Époque Louis XVI.

15 — Grande cheminée monumentale en bois sculpté, ornée de colonnes torses, mascarons, fleurs de lis et armoiries. Fin du xvie siècle.

16 — Commode en bois noir, époque Louis XIII, ornée de bronzes.

17 — Coffre en bois sculpté sur fond d'or. xvie siècle.

18 — Lot d'environ quarante chaises et fauteuils, époques Louis XIII et Louis XIV, en bois sculpté. (Sera divisé.)

19 — Dessus de meuble en bois noir à pans. Époque Louis XIII.

20 — Grande glace, cadre en bois sculpté et doré, avec ornements de fleurs et d'oiseaux.

21 — Console acajou avec dessus de marbre. Époque Empire.

22 — Console en bois doré et sculpté. Époque Louis XV.

23 — Canapé Louis XIV, recouvert en broderie de soie à ornements et fleurs.

24 — Canapé Louis XV, bois blanc et or.

25 — Petite table à jeux, ronde. Époque Louis XVI.

26 — Meuble à deux corps formant bureau, en bois laqué, décor de personnages chinois.

27 — Épinette Louis XVI, décors de fleurs et d'attributs sur fond d'or.

28 — Meuble en bois sculpté.

29 — Meuble à deux corps formant vitrine.

30 — Commode ancienne.

BRONZES

PORCELAINES — FAIENCES

31 — Garniture de trois vases en porcelaine du Japon, décor de couleur ; le vase de milieu est monté en candélabres.

32 — Pendule en bronze doré. Époque Empire.

33 — Jolie pendule d'applique Louis XV, avec socle orné de bronzes sur fond d'écaille rouge.

34 — Beau cartel Louis XV, en bronze doré, signé et poinçonné de *Caffieri.*

35 — Pendule d'applique en vernis Martin, décor de bouquets de roses.

36 — Pendule sur socle en bois laqué, décor d'or.

37 — Pendule carrée en bronze. Époque Louis XIV.

38-39 — Deux lampes d'églises en bronze argenté.

40 — Petite pendule en bronze Louis XVI, avec cadran émaillé.

41 — Monstrance en cuivre du xvie siècle.

42 — Encensoir en cuivre gothique. Travail à jour.

43 — Monstrance en cuivre ornée d'émaux.

44 — Grand plat en faïence de Castelli, représentant un festin.

45 — Plat de Castelli, signé du monogramme G. F.

46 — Petit plat en faïence de Caffagiolo.

47 — Miroir gallo-romain en bronze.

48 — Bas-relief en faïence de Nuremberg : sujet du Christ en croix.

49 — Sonnette en bronze.

5o — Plat en Faënza, cadre bois doré.

51 — Vase en faïence de La Frata.

52 — Vase à anses en faïence de Savone.

53 — Pendule marbre et bronze. Époque Louis XVI.

54 à 64 — Lot considérable de garnitures pour meubles, en bronze, de divers styles. (Sera divisé.)

65 à 69 — Lot de fers, sceaux et poinçons. (Sera divisé.)

70 à 75 — Lot d'objets en cuivre, mortiers, flambeaux. (Sera divisé.)

76 — Deux chimères en grès de Chine.

77 — Pendule et candélabres bronze. Style Louis XV.

78 — Ange en bronze argenté. — Époque Louis XIII.

79 — Paire de vases en bronze Louis XVI.

80 — Christ en bronze du XVIe siècle.

81 — Statuette de Jupiter en bronze.

82 — Huit petites cuillers en bronze.

83 — Statuette de Bacchus en bronze.

84 — Fer à repasser en bronze gravé.

85 — Petit seau en cuivre repoussé.

86 — Petit seau en bronze du xve siècle.

87 à 89 — Trois poignées de portes en fer.

90 — Plateau en cuivre ciselé. — Époque Louis XIV.

91 — Cinq débris de croix gothiques.

92 — Deux petites coupes bronze et étain.

93 — Saint-Sacrement bronze argenté.

94 à 100 — Lot de débris de calices.

101-102 — Deux brûle-parfums bronze.

103 — Moule à hosties en fer gothique.

104 à 110 — Lot d'ornements en bronze pour meubles, poignées, garnitures, sabots, entrées de serrures, chutes, mascarons, frises, etc. (Sera divisé.)

111 — Brasero en cuivre.

112 — Trépied en fer forgé.

113 — Plat en cuivre. Époque Louis XIII.

114 — Autre analogue.

115 — Fontaine en cuivre.

116 — Vasque en cuivre rouge.

117 — Paire de flambeaux.

118 — Marteau de porte en bronze.

119-120 — Deux petits anges en bronze doré.

121 — Quatre poinçons en acier.

122 à 129 — Huit médailles en bronze du XVIe siècle.

130 — Trois supports en bronze, formés par des dauphins.

131 — Dix-sept bas-reliefs en bronze doré Louis XVI.

132 — Cinq plaques de mulets en cuivre.

133. — Onze pendentifs bronze Louis XVI.

134-135 — Deux grands plats en faïence italienne, décors polychromes.

136 — Ecuelle et couvercle en Japon, décors de couleur.

137 — Écuelle à couvercle, avec plateau en porcelaine pâte tendre de Marseille *(veuve Robert)*.

138 — Sucrier en Saxe, décors de fleurs.

139 — Théière en Capo di Monte, médaillons de personnages.

140 — Soupière en Capo di Monte, le bouton du couvercle est formé par un amour.

141 — Plusieurs figurines en bronze, d'après l'antique.

142 — Ceinture en cuivre Henri II.

143 à 145 — Trois têtes d'anges, en bronze.

146 à 149 — Lot de croix de diverses époques. (Sera divisé.)

150 à 153 — Quatre ostensoirs en cuivre Henri II et Louis XIII.

154 — Boîte en bronze.

155 à 158 — Quatre encensoirs en cuivre. — XVIIe siècle.

159-160 — Deux coupes en cuivre repoussé.

161 à 167 — Sept pieds de calices.

168 — Pied de chandelier, cuivre repoussé.

169 — Pied d'ostensoir en cuivre ciselé, orné de pierreries.

170 — Lampe en cuivre du XVe siècle.

171 — Encrier en bronze.

172 — Trois lanternes en fer. Époque Louis XIII.

173 — Custode en étain.

174 — Devant de serrure en bronze. Renaissance italienne.

175 — Quatre serrures en fer. Époque gothique.

176 — Cadenas en fer Henri II.

177 — Trois montures d'aumônières.

178 — Deux médaillons-portraits en fer gravé.

179 — Jardinière en cuivre repoussé.

180 — Deux plaques en fer repoussé : Sphinx.

181 à 189 — Neuf batteries de fusil, à rouet et à pierre.

190 — Chandeliers en fer et en bronze. (Sera divisé.)

191 à 195 — Cinq petits piédestaux de statuettes en bronze.

ARMES

196 — Grande épée à deux mains, pommeau en fer.

197 — Fauchard en fer.

198 — Épées à coquille à jour, de diverses époques.

199 à 210 — Lot de canons de fusils de rempart.

211 à 222 — Lot de piques, arbalètes, hallebardes, épées, lames, etc. (Sera divisé.)

223 — Hausse-col en bronze, sujet bataille.

224 — Poudrière en fer incrusté d'or.

225 — Mortier à poudre en fer.

226 — Huit pommeaux en bronze.

227 à 230 — Lot de débris d'armes. Époque Renaissance.

MARBRES — TERRES CUITES

231 — RAMUS. La Déception, statue en marbre blanc, grandeur nature.

232 — Buste de Cérès en marbre blanc. Époque Louis XIV.

233 — Buste de femme en marbre blanc. Époque Louis XIV.

234 — Grande et belle frise de cheminée en pierre sculptée, commencement du xvie siècle.

235 — Statuette de Saint Augustin, en terre cuite, attribuée au PUGET.

236 — Groupe en terre cuite de la fin du xve siècle : le Christ sur les genoux de la Vierge.

237 — Buste d'Empereur romain en terre cuite.

238 — Statuette de Flore en terre cuite. Époque Louis XIV.

239 — Presse-papiers en marbre, surmonté d'une Renommée en bronze.

240 — Modèle de fontaine en terre cuite, par CHINARD : Vénus et les Amours.

241 — Paire de vases en marbre Médicis.

242 — Paire de colonnes en marbre serpentin.

243 — Deux vases en marbre serpentin.

OBJETS DIVERS

244 — Vase en verre de Venise à rehauts d'or.

245 — Lot de gravures, estampes et eaux-fortes. (Sera divisé.)

246 — Coupe en verre de Venise à filets bleus.

247 — Balance romaine en fer.

248 — Boîte-nécessaire Louis XVI.

249 — Gourde en cuir.

250 — Boîte à allumettes, hollandaise.

251 — Seize bobèches de diverses époques.

252 — Instrument solaire.

253 — Grand verre de Venise à filets bleus.

254-255 — Deux violons anciens, dans leur
boîte.

256 — Nécessaire de toilette en cuir au petit
fer.

257 à 260 — Plusieurs boites anciennes en cuir.

261 — Plaquette en plomb.

262 — Ostensoir en argent gravé.

263 — Petit panneau en vernis Martin.

264 — Petite pendule carrée en cuivre gravé du xvıe siècle.

265 — Plaquette en argent repoussé, sujet mythologique.

266 — Plaquette en bronze : le Baptême de saint Jean.

267 — Plaque ronde en cuivre.

268 — Triptyque en ivoire.

269 — Petit modèle de mandoline, écaille et nacre.

270-271 — Deux presse-papiers en bronze formés par des écrevisses.

272 — Poudrière en ivoire.

273 — Petit modèle de chenet, bois sculpté avec figurine en bronze.

274-275 — Deux verres églomisés.

276 — Vierge et Enfant Jésus en ivoire.

277 — Quatre petits portraits, cadres en cuivre.

278 — Croix en bois sculpté.

279 — Deux petits bustes, marbre en bas-reliefs par *Chinard*.

280 — Album de costumes, colorié.

281 à 288 — Huit vitraux anciens.

289 à 298 — Lot d'objets de vitrine, tels que : étuis, boîtes, boucles, montres, petits bronzes, peignes, croix, cadres, émaux, fers, clefs, boutons, ivoires, agrafes, etc. (Sera divisé.)

299 — Baromètre en bois sculpté. Époque Louis XIV.

300 à 304 — Plusieurs tableaux de l'école italienne.

305 — Objets non catalogués.

TAPISSERIES

ÉTOFFES — BRODERIES

306 — Grande tapisserie verdure, sujet mythologique.

307 — Panneau de tapisseries à personnages.

308 — Tapisserie verdure, oiseaux et parc.

309 — Tapisserie Renaissance.

310 — Panneau en tapisserie verdure.

311 — Portière en tapisserie. Époque Louis XIII.

312 — Suite de tapisseries verdure.

313 — Garniture de lit gothique en drap brodé.

314 — Couvre-lit satin gris-perle, décor de
bouquets de fleurs.

315 — Costume de Suisse.

316 — Bandeau en soierie brochée à fleurs.

317 — Tapis de table en broderie.

318 — Couvre-lit oriental.

319 — Lambrequin en broderie.

320 — Bandeau en soierie brochée à fleurs.